Elena

Una mujer, un adolescente, una relación prohibida.

Novela erótica

Douglas Iván Páez Sosa

Primera Edición: Febrero de 2020
Autor: Douglas Iván Páez Sosa
dpaezsosa@yahoo.es

Índice

Prólogo

En esta nueva obra del Autor de "La razón, arma infalible" nos guía con su pluma por las vicisitudes de un adolescente al encontrase de pronto frente a su sexualidad. Es un relato que nace de la vida real, transcurrida en los años 80 en la ciudad de Cartagena de Indias. Es la historia de Elena, una mujer mayor y el joven Marlon de dieciséis años. La obra trata temas en los que el amor, la pasión, la vergüenza y el arrepentimiento marcan la vida de este chico.

Pero además de eso, y, sobre todo, Elena es una obra sobre los miedos de la infancia y el paso a la edad adulta, salpicada de ternura y de nostalgia, y tal vez hasta de vergüenza, pero que no deja de ser un drama social acerca de las personas y sus sentimientos. Tocar el tema de la sexualidad no es fácil dentro de una sociedad que aún tiene y mantiene tabúes, mitos y prohibiciones. Se cree que la sexualidad es algo que se aprende por instinto, como se aprende a caminar, como si fuera un acto reflejo.

Este escrito nos ayuda a entender que la sexualidad no ocurre fuera del mundo de los afectos, que requiere del continuo uso de la inteligencia, la generosidad y la tolerancia. De lo mejor del ser humano. De los párrafos de este libro se pueden extraer muchas lecciones. Principalmente, el de ser responsable de nuestros actos, ya que ellos son fruto de nuestros principios.

Julio A. Silva Sarmiento
Escritor e Ing. Electrónico ret.
Digital Equipment Corporation U.S.A.

Capítulo primero.

Una tarde cualquiera de aquel diciembre de 1982, venía recostado en el asiento trasero de un Renault 18 GTX 2 litros, color blanco. Este magnífico auto era propiedad de mi primo —siete años mayor que yo— Hernán Velazco Morales.

Veníamos de pasar un largo día de playa. Sentía los efectos de la ingesta etílica (algo desmesurada, debo admitir) del popular ron bolivarense, Tres Esquinas. Varias cervezas también recorrían mi organismo. Vivía y celebraba los últimos momentos de mis 15 años; en escasos días cumpliría 16.

Las vacaciones de fin de año eran mis preferidas. Mucha rumba, muchas chicas, mucha playa; en fin, todo lo que una ciudad turística y en verano —como es Cartagena de Indias— puede proporcionar a un adolescente en receso. Por otro lado, al ser ésta la época de fin de año, las reuniones familiares eran frecuentes y muy entretenidas.

Los trayectos en este auto me parecían viajes interplanetarios. Era un auto deportivo y de los más modernos de la época. Además, los efectos del licor recorriendo mi fresco y juvenil torrente sanguíneo, agrandaba las sensaciones.

Venía acostado en el asiento trasero. Y a través del vidrio panorámico, veía pasar velozmente: árboles, postes de alumbrado público y uno que otro tejado. Era una sensación extraña, sentía como una extrapolación de tiempo y lugar.

Sin saber cuál era nuestro destino, simplemente me dejé llevar. De repente sentí la disminución de la velocidad y el tic tac intermitente, de las luces indicadoras para girar. Y nos detuvimos. Habíamos llegado. El inconfundible sonido del freno de mano, cuando es activado, así me lo confirmó. Con tono cariñoso, Hernán se dirigió a mí: «primales levántate. Hemos llegado».

Era una casa pequeña. Tenía un ornamentado jardín al frente, al cual se le notaba el cuidado. Y en la entrada, antes de llegar a la puerta principal, una terraza amplia. Vestida con dos mecedoras y un par de butacas dando la bienvenida a los visitantes.

La puerta de la entrada estaba abierta, por lo que pasamos a la sala inmediatamente. Yo no tenía idea de donde me encontraba, más ciertas cosas del desconocido lugar —por alguna razón extraña— me parecían familiares. No había terminado de detallar todo el sitio, cuando de repente, saliendo de una de las habitaciones, apareció él. Mi tío Santiago Morales Mejía. Se dirigió hacia nosotros abotonándose aun la camisa. Era el hermano menor de mi padre, a quien no veía desde mis años de infancia. Gratos recuerdos tenía de él. Afectuoso, alcahueta y siempre de buen humor.

Su alegría al verme fue demostrada. Con un prolongado abrazo y repitiendo varias veces: «sobrino querido, me alegra verte», me hizo sentir inmediatamente en casa, en compañía de mi tío Santiago, el mismo de la infancia. Once largos años de vida habían transcurrido sin vernos. El implacable paso del tiempo había comenzado a dejar sus huellas en él.

Vivía él en la cercana población de Turbaco, Bolívar. La cual —para aquellos tiempos— parecía más lejana. No había tantas construcciones en el trayecto. Fincas, lotes y haciendas, era lo que bordeaba la carretera de lado a lado.

Aún hoy desconozco los motivos por el cual estos dos hermanos, se habían enemistado de manera tan radical. Fue una ruptura abrupta. Ambos, mi padre y mi tío, habían cercenado los lazos fraternales de las dos casas. Y a nosotros, por ser niños, no se nos daban explicaciones. Por eso el reencuentro con él fue tan grato. Aquel lejano día de diciembre de 1982, se habían quebrantado, al menos conmigo, once años de distanciamiento.

Vivía mi tío con Elena Callejas Almansa, una mujer de 33 años; pintora y 17 años menor que él. Las pocas veces que se hablaba en mi casa de mi tío Santiago, las referencias apuntaban siempre hacia lo mismo; una persona desordenada en su vida sentimental, ya con varios matrimonios e hijos a cuestas. De hecho, ya de esta nueva pareja —"La pintora"— a mis padres los había escuchado hablar. Gratamente y extrañado, mi padre aplaudía lo larga que había sido esta nueva relación.

Fue un reencuentro muy ameno. En esta nueva etapa con mi tío, había descubierto a un excelente anfitrión; locuaz, amable y con infinidad de anécdotas. Algunas jocosas, otras, cargadas de reflexión y moralejas. La larga tertulia se prolongó hasta comienzos de la madrugada, de verdad que fue un gran momento. En mi mente quedó cristalizado el recuerdo de aquella noche. Fueron tantas las emociones.

Haber visto de nuevo a mi tío Santiago y compartir con mi primo Hernán, dos personas muy especiales para mí. Otra cosa permanece indeleble en mi memoria de aquella noche, el remedio con el cual mi tío apartó de mí el estado de beodez con el que había llegado. Haciéndome tomar una cerveza helada, lo más rápido que mi organismo y ganas permitieran. Debo reconocer que funcionó.

La Reconciliación de los hermanos.

Seguí el contacto con mi tío. Nos vimos unas cuatro veces más, incluso, después de haberse marchado mi primo Hernán a Bogotá, ciudad de su residencia.

Mis padres se habían separado, sin embargo, mi padre jamás dejó de vivir con nosotros. Gozaba de buena relación con mi madre. Pero por cuestiones laborales pasaba todo el día por fuera de la casa, llegando solo hasta comienzos de la noche.

Recuerdo una ocasión que, estando de visita donde mi tío Santiago, éste se ofreció a llevarme de regreso a casa. Ya próximos a llegar, me preguntó si sería prudente dejarme justo en la puerta. Intuí enseguida que le preocupaba la reacción de mi padre en caso de verle. Como un destello creativo, se me ocurrió algo y enseguida le pregunté: ¿Tío, si yo intento reconciliarte con mi padre, tú aceptarías? A lo que él, de manera tranquila e inmediata, respondió que sí. Y a eso me dediqué casi de inmediato. A planear la estrategia de reconciliación entre estos dos hermanos. Eran ya muchos años de distanciamiento.

Al ser época de festividades de fin de año, decidí que aprovecharía el espíritu de familiaridad reinante de esos días para lograr el reencuentro.

El 25 de diciembre de 1982 y en pleno festejo del cumpleaños de mi hermana, le comuniqué a mi padre que desde hacía pocos días me estaba viendo con mi tío Santiago. Y que, como él (mi padre) siempre nos había recalcado que su casa, más que suya era nuestra; me había tomado la libertad de invitar a Santiago a nuestra celebración de fin de año. Eso sí, aclarándole que, si él tenía alguna objeción, yo, de manera sutil y cortés, cancelaba la invitación.

Quedé expectante. No era cierto que ya había invitado a mi tío, pero era una manera de presionarlo un poco para lograr el acercamiento.

Mi padre, como siempre, complaciente con sus hijos, después de un corto silencio dijo que sí.

Desde el 30 de diciembre comenzamos a organizar el festejo. Ese fue uno de los últimos fines de año que recuerdo con toda la familia reunida. Y claro, la expectativa por la presencia de mi tío, hacía que este fuese aún más emocionante.

El acompañamiento que hacíamos los jóvenes, a los mayores, en la preparación de los diferentes platos, hacía parte de la fiesta. Todos reunidos disfrutábamos ayudando en: cortar las carnes, pelado y lavado de tubérculos, alistamiento de vegetales; en fin, los menesteres propios del banquete. Todo esto, mientras se conversaba y compartía amenamente con familiares y amigos.

Recuerdo una inmensa olla humeante en medio del patio de la casa. Montada sobre cuatro hileras de ladrillos apilados, y atizada con leña. En aquella ocasión, mi madre, había dispuesto hacer pasteles y tamales para brindar a los invitados. Los cuales eran marcados con hilos de colores según el tipo de carne que contenían. Rojo, para los pasteles que en su interior tenían las carnes de res y cerdo combinadas, amarillo, para los que solo contenían pollo. En eso pasamos todo el día 30. Fue un gran momento.

Al día siguiente, los esfuerzos de mi madre para que la casa luciera impecable fueron desmedidos. Mientras, mi padre y yo, nos dedicamos a lavar los autos y hacer las infaltables compras y mandados de última hora.

Por fin, a las 7 p.m., ya estaba todo listo. El último día del año comenzaba su deceso.

Una camisa negra combinada con un blue jean era mi atuendo. Contrario al pantalón de lino formal, que mi madre quería para mí aquel día.

Ansioso esperaba el arribo de mi tío Santiago. Él había dicho que a las 8 p.m. llegaba; y por lo que recordaba de él, aunado a las apreciaciones de sus allegados, el hombre era estrictamente puntual.

Y en efecto, faltando cinco para las 8:00 llegó.

Se veía elegante. Un pantalón café y una camisa negra, le hacían ver muy formal. Lo acompañaba su joven esposa, Elena, la cual estaba especialmente hermosa aquel día. Un vestido negro y ceñido al cuerpo, claramente dejaban ver sus atributos.

Traía en sus manos una bandeja plateada de mediano tamaño, cubierta en la parte superior con papel de aluminio. Saludé a mi tío con un fuerte abrazo, e inmediatamente, extendió su mano y me entregó una bolsa negra donde, evidentemente, había una botella de licor. La recibí con mi mano derecha, le ofrecí ayuda a Elena con la bandeja; pero ella muy afanada, me explicó que lo que en ésta portaba era delicado. Prefería ser ella misma quien la depositara en la mesa.

Fue una gran velada. A las doce en punto los rituales de siempre. La infaltable canción anunciando que en solo cinco minutos finalizaba el año, las uvas, lentejas en los bolsillos, un dólar nuevo y trenzado para guardar en la cartera, etc.

La reconciliación de los dos hermanos no podía haber salido mejor. La familia e invitados gozamos de la música, la tertulia, el baile, y la buena mesa. Todo esto hasta muy entrada la madrugada.

Un saludo equivocado.

Desde aquella noche, la presencia de mi tío y señora en nuestra casa fue frecuente. Pasaban a visitar o nos reuníamos algunos fines de semana. Unas veces en nuestra casa, otras ocasiones íbamos a la de ellos. No era raro llegar del colegio y encontrar a Elena visitando a mi madre. Como ellos vivían en Turbaco, mi tío Santiago, a veces, la dejaba en nuestra casa mientras él hacía diligencias acá en Cartagena. Luego, al final de la tarde pasaba por ella.

Elena y mi madre se hicieron amigas. Se les veía muy entretenidas cuando hablaban. Sus horas de conversaciones eran extensas.

Yo estudiaba en un colegio que tenía dos jornadas, una en la mañana y otra en la tarde. A mí me había tocado estudiar en la jornada de la tarde. Los jueves, por tener clases de educación física en la última hora, a veces salía temprano.

Uno de esos jueves, en vez de quedar con amigos a pasar el rato, me dirigí a casa inmediatamente. Al doblar la esquina de nuestra calle, desde la distancia, vi a mi madre y a Elena sentadas en la terraza.

Ese día en especial Elena lucía muy bonita. Una blusa de Lino Olán azul celeste, le combinaba perfecta con un pantalón blanco. Este último, muy ajustado.

Pocos metros antes de llegar a donde ellas, mi madre me divisó y se levantó presurosa diciendo: «Ay hijo, debes venir con hambre, voy a preparar tu cena».

Llegué y procedí a saludar a Elena como siempre, con el consabido beso en la mejilla. Pero, cuando iba a dárselo, ella se confundió un poco y giró su cara en la misma dirección en que venía mi boca. Al percatarme de su equívoco, traté de corregir la orientación de mi rostro, pero ella, de manera instintiva y por reflejo, hizo lo mismo en el mismo instante y... ¡oh sorpresa! Hemos terminado, sin ninguna intención, dándonos un ligero beso en la boca. Un pico, como comúnmente se le llamaba a este corto y fugaz beso. A mí me dio risa, no le di ninguna importancia y seguí charlando con ella tranquilamente.

Cuando mi cena estuvo lista mi madre nos hizo seguir a la mesa. La cocina de nuestra casa quedaba aparte y totalmente independiente de la sala comedor. Esto, impedía la visual desde el comedor a la cocina y viceversa. Mi madre siguió preparando la cena de mi padre y hermana, quienes no tardarían en llegar. Elena y yo nos quedamos cenando juntos. Ella insistió a mi madre en ayudarle con la preparación de los alimentos, pero mi madre —como siempre— generosa y atenta, no lo permitió.

Seguimos cenando, pero en realidad era poco lo que yo tenía para conversar con Elena.

En la sala-comedor se encontraba el único televisor de la casa; y a mí, debo reconocer, la televisión me hipnotiza un poco. De vez en cuando, mi madre venía y nos acompañaba en los cortos espacios que la preparación de los alimentos le permitía; y charlaba con Elena.

En uno de esos momentos que quedamos solos, Elena, algo seria comentó:

—Marlon, eso que sucedió allá afuera no puede volver a pasar ¡NUNCA!

Yo, algo sorprendido, iba a comenzar a explicarle que para mí no había tenido ninguna importancia; había sido una simple equivocación.

Pero ella no me dio tiempo de responder; con voz baja y acercando su rostro al mío (como evitando que alguien nos escuchara) dijo:

—Es que yo soy humana, ¡Soy Mujer! Y también siento. Y ese beso que me diste allá afuera, me tiene volando.

Quedé sin habla. Confundido. —¿Pero qué rayos sucede con esta mujer? La miré fijamente con el ceño fruncido, luego, sonreí un poco; y pensativo seguí con mi cena.

Esta mujer acababa de dar otra connotación a un simple, pero, —ante todo— inocente beso equivocado. Así lo había percibido yo inicialmente.

Decidí pasar por alto la clara insinuación. Muy a pesar de contar solo con 16 años, pude interpretar lo que sus palabras significaban. Es que fue muy descarada.

Los días transcurrieron de manera normal. Las visitas de mi tío a la casa siguieron dándose, pero, haciendo un esfuerzo sobre humano, trataba de todas las formas posibles evitar a Elena. Procuraba no estar a solas con ella, evitaba su contacto visual y físico. Mis hormonas, totalmente alborotadas por la edad, hacían repetir en mi mente, una y otra vez, aquella conversación en el comedor. Ahora —gracias a ella— recordaba y me excitaba pensar en aquel fugaz beso. El cual, para mí, inicialmente, había pasado inadvertido.

Ahora no, lo veía de otra forma. Era una guerra interna, infernal y confusa. Por un lado, la deseaba intensamente como mujer; pero por el otro, me atormentaba saber que era la compañera de mi tío. Era casi sacrílego pensar en tener intimidad con aquella mujer. Aunque por dentro, en mis pensamientos, comenzaba a imaginar situaciones morbosas con ella.

La imaginaba desnuda y recostada a mi lado, totalmente dispuesta y a mi merced. Con el permiso absoluto para hacer, de ella y con ella, realidad todas mis fantasías juveniles.

Elena se comportaba de manera natural; como si aquel beso fugaz y equívoco no hubiese sucedido nunca. Como si aquella charla, insinuante en la meza comedor de mi casa, no se hubiese dado jamás. Tan distante e indiferente la noté, que llegué a dudar si todo no habría sido producto de mi mente inquieta y lujuriosa. Un invento de mi imaginación adolescente; estimulada por los dichosos cambios hormonales que, en clases de ciencias naturales tanto nos mencionaban.

Pasaron dos meses sin que nada sucediera. Comencé a notar que Elena ya no visitaba con la misma frecuencia mi casa. Es más, llegué a percibir en ella cierto rechazo o disgusto cuando me tenía cerca.

Me alegré de que esto pasara, así sería más fácil para mí calmar esos deseos descontrolados de besarla y tomarla casi que por la fuerza. «¡Es la mujer de mi tío!» Me reprochaba cada vez que la deseaba. Y créanme, la deseaba con frecuencia.

Cumpleaños de Elena.

El 15 de abril es la fecha del cumpleaños de Elena. Mi tío organizó un agasajo en su casa para celebrarlo. Habían decidido que, como el lunes era festivo, prepararían un sancocho el domingo por la tarde. La invitación citaba para las 4 p.m.

Mi padre era abstemio, y cada vez que podía evitaba los jolgorios. Mi madre, en vista de que él no iría, también se excusó. A pesar de estar separados, a mi madre no le gustaba asistir a parrandas y reuniones sola. Yo, dispuesto siempre a pasar un buen momento, decidí ir en representación de la familia. Igual, mi tío y yo éramos quienes más empatía habíamos logrado en este nuevo acercamiento.

La reunión estuvo amenizada por una gaita, y los invitados disfrutamos hasta las horas de la madrugada. Buena comida, buen trago; en fin, un ambiente muy ameno. Una tertulia generalizada, donde la cultura y la política fueron temas principales. Una vez más, quedaron demostradas las cualidades de gran anfitrión de mi tío Santiago; y lo enriquecedor que resultaba para mí, compartir con personas mayores.

Elena lucía muy linda. Una falda roja y larga se deslizaba, totalmente ajustada, desde sus caderas hasta algo más abajo de sus rodillas. Y una blusa de color caqui, con hombros pronunciados y mangas, hasta la mitad del brazo, combinaba perfecto con el rojo.

Se veía elegante, parecía una estrella del esplendoroso Hollywood. Una sonrisa blanca y perfecta iluminaba su rostro cada vez que la esgrimía. Con mucha gracia, Elena, usaba y enseñaba a los invitados, un hermoso collar de perlas que mi tío le había obsequiado por su onomástico.

Al llegar yo al evento, me saludó con agrado. Y con un fugaz abrazo, agradeció mi felicitación y obsequio. Pero después de esto, su indiferencia me volvió a fustigar. Igual que meses atrás.

Había pocos invitados en la reunión. Unos pintores amigos de ella, sus hermanos, dos sobrinas y unos cuantos amigos de mi tío.

Una de las sobrinas de Elena me pareció atractiva. Y lo mejor, ella pareció corresponder. Comenzamos a bailar al son de los pitos de las gaitas y la conexión entre ambos fue inmediata. Éramos los únicos adolescentes en la fiesta.

Bailamos rico y nos reíamos a carcajadas; pero, como en todo momento grato, el tiempo jamás es suficiente. La chica y sus padres se marcharon temprano, otro compromiso debían atender y esto los obligaba a partir. La hermosa sobrina de Elena, de manera natural, espontánea y delante de todos, anotó su número telefónico en una servilleta y me lo entregó. Nos despedimos algo emocionados y prometí llamarla.

La fiesta era en el patio de la casa, por lo que, cada vez que debías usar el baño, era necesario ingresar.

En una de mis incursiones a este, cuando giré la perilla de la puerta para entrar, estaba trancada, asegurada.

—¿Quién es? Preguntó una voz femenina desde adentro.

—¡Oh lo siento!, soy yo, Marlon. Contesté, pero reconocí de inmediato la voz de Elena.

—Nene, usa el baño de tu tío por favor, el de la alcoba principal. Me recomendó.

Y así lo hice, me dirigí a la alcoba de la pareja. Al terminar y después del consabido retoque de cabello frente al espejo, abrí la puerta de manera desprevenida y ¡Oh sorpresa!, allí estaba ella. Elena. Con sus manos atrás y recostada a la pared. Era evidente que esperaba por mí.

Me miró fijamente. Quedé inmóvil. Sorprendido y expectante. Ella, sin ninguna prisa, se incorporó y se acercó a mí. Tomó mis mejillas con ambas manos y me besó. Mis labios, humedecidos por la boca de esta bella y prohibida mujer, correspondieron inmediatamente. Sentí fuego. Una oleada de calor recorrió todo mi cuerpo. Se encendieron mis mejillas y cienes. Aferrado a ella, la abrace con fuerza. Descontrolado, la tomé por sus caderas y acerqué su pelvis a la mía.

Pero duró poco, fue solo un instante. Elena me apartó enseguida. Sabía ella que de demorarnos sería sospechoso.

Con su delicada mano derecha, esculcó todos los bolsillos de mi pantalón, hasta encontrar aquella servilleta donde estaba anotado el número telefónico de su sobrina. La observó un instante, se cercioró que era lo que estaba buscando y lo arrugó, con la fuerza de su mano empuñada.

Luego, acercando su puño y papel a mi cara, declaró: «a mi sobrina no la verás jamás. Te quiero para mí Marlon Morales Jiménez, solo para mí» dio media vuelta y tranquilamente se marchó.

Y allí quedé yo. Sin saber que hacer. Sorprendido y muy emocionado, observando fijamente sus nalgas mientras se alejaba. Absorto con el contoneo de sus caderas a cada paso que daba. ¡Qué mujer!

Ese beso fugaz pero real, y ahora sí intencionado; de mutuo acuerdo y sorpresivo, me marcó. Fue el sello indeleble con el que me hizo suyo. Además, con esa autoridad que me trató. La propiedad con la que hurgó entre mis bolsillos, la manera de tomar aquel papel y arrugarlo con enojo. Me hizo sentir como si yo fuese suyo. Su novio o pareja. Y el celo; el disgusto con que sentenció que yo, a su sobrina, no la vería jamás.

Este episodio con Elena me cautivó. Sentí que estos meses de indiferencia habían sido simulados; o mejor aún, había sido su manera de luchar contra ella misma, tratando de doblegar el insano sentimiento que entre nosotros se había despertado.

Regresé a la reunión flotando. Aquel beso me había elevado a las nubes, pero toda la emoción y lujuria con que venía se desplomó de golpe apenas vi a mi tío. Eran las 2:30 a.m. y sentí vergüenza. Me sentí traidor y desleal. Para colmo de males, mi tío, al verme venir, tomó la silla que tenía próxima y la deslizó hasta colocarla justo a su lado. Y con voz de mando, pero cariñosa, dijo: «venga sobrino mío, siéntase aquí a mi lado». Y así lo hice. Dejé esbozar una sonrisa fingida; pero me sentí incómodo, con remordimiento. Sabía que acaba de traicionar su confianza.

Elena por su parte siguió tranquila. Hablaba con normalidad, como si nada hubiese sucedido. Incluso, hubo un momento en el cual me miró de manera sostenida, insistente. Tanto, que fui yo quien por temor a que alguien percibiera algo, me di por vencido y esquivé sus ojos.

Después de lo sucedido no pude permanecer más tiempo en la reunión. Ingerí solo dos tragos, y a pesar de la insistencia de mi tío para que me quedase un poco más, me marché.

Algo de pasión.

Pasó un mes completo sin ver a Elena, ni a mi tío. Solo en una ocasión nos vimos en el centro de Cartagena. Venían ambos con algunas compras. Mi tío —con tono cariñoso— me reprochó el hecho de no haber regresado a visitarlo. Me excusé, arguyendo que estaban próximos los exámenes de mitad de año, él lo entendió. Pero me pidió que lo visitara el próximo fin de semana. Le dije que sí, que con gusto lo haría.

Con mi vista periférica y sin abandonar la mirada constante a mi tío, noté que Elena me miraba de arriba abajo, era algo descarada. Hurgaba entre mis pantalones, miraba mi pecho y detallaba mis labios cada vez que hablaba. Cuando nuestras miradas se encontraban, muy coqueta sonreía. No sé qué diablos tenía esta mujer, pero con solo mirarme me encendía. Al momento de despedirnos; primero lo hice de mi tío estrechando su mano, y después de ella, dándonos un cordial beso en la mejilla, como siempre había sido. Pero ella no me besó, aprovechó ese fugaz momento y cuando me tuvo cerca, susurró a mi oído: «qué lindo estás». Lógicamente, la promesa de pronta visita a mi tío fue incumplida. No era sencilla esta lucha interna. Pensaba mucho en Elena; quería verla y repetir aquel beso. Por fortuna, la poca sensatez que mi adolescencia permitía me acusaba con rigor.

—¿Cómo rayos podía estar viviendo esto con la mujer de mi tío? Me preguntaba con insistencia en aquellos días.

Poco tiempo después de aquel fugaz encuentro en el centro, Elena comenzó a llegar nuevamente a la casa. Siguió visitando a mi madre cada vez que mi tío venía a la ciudad. La noté más receptiva, se mostraba atenta cuando yo llegaba del colegio. Era ella quien se ofrecía a llevar mis alimentos a la mesa, mientras mi madre continuaba con la preparación de estos en la cocina.

Un día cualquiera llegué más temprano de lo acostumbrado; y allí estaba ella. Sola. Sentada en una de las jardineras de la entrada a mí casa. Comencé a divisarla desde lejos, se veía preciosa. Un vestido blanco resaltaba su piel bronceada, producto de alguna visita reciente a las playas. Y detrás de ella, un ramillete colorido de rosas rojas y orquídeas blancas le servían de fondo. La imagen parecía la foto portada, de alguna revista de decoración u otras banalidades.

Sus piernas, largas y torneadas, estaban cruzadas. Su vestido blanco, adornado con encajes en la parte superior, captó mi atención inmediatamente. Además, los hombros descubiertos del mismo hacían que Elena mostrara mucha piel. Su hermoso cabello largo y negro, desprevenidamente caía sobre sus hombros. Definitivamente era una visión hermosa.

La puerta de entrada a mi casa estaba cerrada. Por lo que intuí, inmediatamente, que mi madre no estaba. Era éste el motivo por el cual Elena sola en nuestra terraza esperaba.

Mi volátil imaginación se activó inmediatamente. En ese corto trayecto entre ella y yo, ideé la forma de cómo aprovechar tan conveniente circunstancia.

Llegué y la saludé como siempre; extendiendo mi mano y acercándome para darle un delicado beso en la mejilla.

Pero en esta ocasión y de manera deliberada, acerqué mi nariz a su oreja y olfateé —descaradamente— sus cabellos e inicio de cuello. Ella se erizó, y de manera instantánea e involuntaria, encogió rápidamente sus hombros demostrando cosquillas. Ambos sonreímos de mi desfachatez.

Mi mirada permaneció anclada a su figura. Hice un recorrido descarado de todo su cuerpo, de arriba abajo. Y en vez de preguntar el consabido: ¿Cómo estás Elena? Le afirmé: ¡Estás muy bien!

Ella sorprendida preguntó: ¿Qué?

—Si Elena, iba a preguntar como estabas, pero no hace falta, te ves ¡Muy bien!

—Eres un atrevido, respondió esbozando esa gran sonrisa que la caracterizaba.

Parecía hipnotizado por su presencia, y ella lo sabía. Yo quería que lo supiera.

Abrí la puerta, y ya de pie en el marco de esta, la invité a seguir. Ella, pausadamente, se incorporó y entró. Pasando tan cerca de mí, que su cabello, flotando por el impulso de su andar, rozó mi cara. Haciéndome percibir, una vez más, la exquisitez de su perfume.

Dejé la puerta abierta para escuchar el auto de mi madre en caso de que llegara. Además, imaginé que, una puerta cerrada, y los dos solos dentro de la casa, podría ser motivo de sospechas.

Mi boca estaba seca y mi corazón latía desbordado. Elena caminó hasta la mesa, puso su bolso en ella, y luego, girando hacia mí, se quedó de pie mirándome. Parecía esperarme. Su respiración y pechos evidenciaron agitación; sus labios, rojos y carnosos, lucían ligeramente mordidos. Y me miraba.

No me aguanté, no pensé en nada, y casi como si una explosión me impulsara, me abalancé sobre ella. La abrace. La estreché entre mis brazos con fuerza, me aferré a su humanidad. Luego, deslicé mis manos por su espalda hasta alcanzar sus hombros. Palpando mientras lo hacía, cada centímetro de piel. Después, con absoluto disfrute, enredé mis amplias manos entre su largo cabello, y con ternura, sostuve la parte posterior de su cabeza. La miré un breve instante, y la besé. Con mucha pasión y deseo; ladeando mi cabeza sutilmente y de vez en cuando, mientras saboreaba con absoluto disfrute cada uno de sus labios.

Ella correspondió de inmediato. Sus delicadas manos se aferraron a mi espalda, y con algo de fuerza me atrajo hacia ella también. Luego —de un solo tirón— haló mi camisa desde atrás y la sacó del pantalón; para deslizar después sus delicadas manos debajo de ella. Y poder de esta manera, acariciar directamente la piel desnuda de mí espalda. Que sensación, que placer, jamás había vivido algo igual.

Seguimos besándonos como si nada importara. Como si fuésemos los únicos habitantes de este planeta. Nuestra respiración agitada se podía escuchar a la distancia. Sus manos, sin frenos ni límites, toda la geografía de mi cuerpo exploraron. Yo, igual de desbordado, comencé a palpar sus caderas, y subí, poco a poco y de a palmos, largos pliegues de vestido; hasta encontrar la piel desnuda de sus muslos y nalgas. Quedé extasiado. Suavemente, la aparté de mí un instante para admirarla, quería ver toda esa piel bronceada; y por primera vez, mostrándome porciones hasta hace poco impensables. Era una alucinación. Como me gustaba esa mujer.

Pero justo en el clímax de aquel momento, y cuando mis manos atrevidas comenzaban a subir toda la parte inferior de su vestido; el azote de puertas cuando cierras un auto, nos trajo abruptamente a la realidad. Voces lejanas anunciaron que alguien se acercaba. Nuestro idilio —como la misma palabra lo indica— terminó de inmediato, no duró nada. Ella, acomodando su vestido y cabellos, corrió hasta la sala y se sentó. Yo, por el contrario, requeriría más tiempo. O la morfología de mi cuerpo delataría mi entusiasmo. Corrí al baño, encajé mi camisa y lavé mi rostro. Y allí permanecí escasos minutos. Pensé también que, si demoraba, podría ser sospechoso.

Eran mi madre y una amiga que llegaban de hacer compras. Desde el baño escuché el saludo entre Elena y ellas, y justo cuando pasaban frente a la puerta, abrí, y saludé tranquilamente. Como si nada, como si mi primera experiencia romántica y casi sexual, no hubiese acabado de suceder.

—Llegaste temprano hijo. Exclamó mi madre, dándome un beso en la frente.

Qué susto habíamos pasado. Elena se veía incómoda, tanto, que el resto de la tarde no me dirigió palabra alguna.

Problemas de pareja.

Días después, de aquel fugaz momento de pasión con Elena, mi madre y una amiga (quien era amiga también de mi tío y mi padre, desde la adolescencia) comentaban acerca de lo bien que les parecía la reconciliación de estos dos hermanos.

—Pero a ese matrimonio yo lo noto distante. Dijo la amiga de mi madre. Esa pareja andaba siempre unida. Donde iba el uno, estaba el otro. Pero ahora veo a Santiago salir con frecuencia solo y llegar tarde. Elena se queja de eso. ¿Ella no te ha comentado nada? Terminó preguntando la señora a mi madre.

—Elena no me ha comentado nada, pero si he notado que él (Santiago) varias veces no ha regresado a recogerla cuando ella está aquí esperándolo. Llama, y le pide que tome un taxi; que después se encuentran en la casa. Eso, antes no sucedía. Terminó diciendo mi madre.

Comencé a preocuparme. ¿Será que lo sucedido conmigo, tendría que ver con el distanciamiento entre mi tío y señora? Por otro lado, me reprochaba por qué rayos tenía yo que estar en esa situación. ¡Era un adolescente! Debería estar preocupado por mis estudios, juegos de pelota y pendiente de chicas contemporáneas conmigo. ¿En qué momentos me había metido en todo este enredo pasional?

Tenía que salir de dudas, y esto solo lo lograría preguntándole directamente a Elena.

La llamé y le comenté mi duda. Se trataba de mi tío, no quería ser yo responsable de discordias entre ellos. Elena me confirmó que tenían inconvenientes de pareja, pero que yo no tenía nada que ver. Eran ya cinco años de convivencia con mi tío Santiago, de los cuales, solo los tres primeros habían sido estupendos. Me comentó con algo de resignación.

—Además mi querido Marlon, tú apareciste en mi vida hace solo unos meses, y esta situación con tu tío lleva ya dos largos años. Santiago no es el mismo, ha cambiado, y sé que anda con otras mujeres. Creo que él ya se cansó de mí. Sentenció Elena algo compungida.

No quedé muy tranquilo con su respuesta, pero la escuché sincera. Elena habló con sentimiento. Y a pesar de no ser yo, el responsable de los problemas entre ellos, decidí alejarme. Sabía que en nada ayudaría una relación extramarital; menos con el sobrino de su pareja.

Siguieron yendo a la casa, pero con menos frecuencia. A veces, Elena llegaba sola y se regresaba sola. Se le veía preocupada, se limitaba a charlar con mi madre. Si yo llegaba y ella estaba en mí casa, procuraba salir casi que de inmediato. Igual, los jóvenes siempre tenemos donde ir o a quien visitar.

Un sábado a mediodía, llegó mi tío. Estábamos todos sentados a la mesa almorzando. No quiso sentarse con nosotros a pesar de la insistencia de mis padres. Se sentó en la sala y, después del saludo respectivo, nos anunció que se había separado de Elena. Acababa de suceder. Se le notaba sereno, pero era evidente que se sentía triste. Era una decisión tomada por él, y acababa de manifestárselo a ella.

Un silencio sepulcral invadió el momento. A los pocos segundos, mi padre le preguntó si no había vuelta atrás; él respondió negativamente con su cabeza. Recuerdo que sentí gran culpa, me sentí traidor. Así yo no fuese el motivo de la ruptura, sentía remordimiento de haberla besado; y casi intimado. Es que era la mujer de mi tío.

Santiago, le preguntó a mi padre si sabía de alguien que le pudiera arrendar una habitación, mientras buscaba con calma departamento donde vivir. Elena le había pedido abandonar la casa lo más pronto posible, y él así también lo deseaba.

—Quédate aquí. Instintivamente le pidió mi padre.

—Puedes compartir alcoba con Marlon el tiempo que necesites.

¡QUE! No podía creer lo que acababa de escuchar. Definitivamente esto era un castigo divino, ¿Cómo podría compartir habitación, con la persona que, —por obvias razones— me hacía sentir vergüenza y culpa?

—Hombre hermano, te agradezco el ofrecimiento, pero, y tú hijo, ¿Qué dices? ¿Tienes algún inconveniente? Dirigiéndose a mí, preguntó Santiago.

—Claro que no tío, allí nos acomodamos.

Que más podía decir. No iba a contrariar a mi padre, mucho menos abandonar a mi tío en estos momentos de dificultad.

Al día siguiente mi tío se presentó con sus cosas. Eran pocas en realidad, solo llevó lo importante y de uso cotidiano. Todo lo demás, lo mandó a una bodega mientras encontraba vivienda definitiva.

La convivencia con mi tío fue buena y cordial. En realidad, siempre hubo cercanía entre nosotros. Elena, obviamente, no regresaría a la casa mientras él allí estuviera hospedado. Pero comenzaron a ser frecuentes sus llamadas, especialmente en las horas de la mañana. Sabía ella que mi madre, por lo general, salía a esas horas a hacer sus diligencias. Sabía también que, la mayoría de las veces, yo permanecía solo con la empleada del servicio. Mi jornada escolar era en la tarde, y ella procuraba hablar conmigo casi todas las mañanas. Preguntaba por mí a la chica del aseo fingiendo la voz, o a veces, hacía que algún amigo preguntara.

Mi tío, por convención colectiva laboral, estaba ya pensionado a pesar de solo tener 51 años. Esto implicaba que, él, también podía estar a esas horas de la mañana en la casa.

Las dos primeras de sus llamadas las atendí desprevenidamente. La primera, no sabía que era ella, además, estaba solo. En la segunda llamada mi tío estaba en la casa. Sabía que no me escuchaba, pero la incertidumbre por estar haciendo algo indebido me agobiaba. Ella lo notó y no demoró la conversación.

Una mañana cualquiera, mi tío se disponía a salir y al pasar por la sala, comenzó a sonar el teléfono. Él, de manera instintiva atendió la llamada, pero no le contestaron; a pesar de preguntar varias veces, simplemente colgaron. Santiago, sonreído y guiñando un ojo me comentó: «sobrino, esa llamada era para usted. Alguna enamorada que solo responderá al escuchar tu voz». Fue un comentario jocoso, al cual respondí con una sonrisa.

Pero tenía razón, si era para mí. Era Elena, quien algo desesperada volvió a llamar inmediatamente, estando mi tío aún ad-portas de subir a su auto.

—Hola Marlon, amor, necesito verte así sea un instante, quiero comentarte algo importante. Dijo con voz angustiada.

Acordamos vernos en un centro comercial que quedaba cerca de mi barrio. Ella ya estaba allí, y sabía que mi tiempo en las mañanas, por cuestiones escolares, era limitado.

Eran las 10:00 a.m., y no puedo negar que fui con mucho entusiasmo. Esta mujer (mayor, bonita y prohibida), me traía loco. Era una situación contrastante. Me debatía entre; las fuerzas hormonales de mi organismo y el actuar correcto y honesto que mi moral crianza me dictaba.

La cita fue en una cafetería ubicada en el segundo piso de aquel centro comercial. Era un sitio discreto, además, un miércoles laboral y por la mañana, hacían poco probable que algún conocido nos viera.

Llegué al sitio algo desesperado. Mi andar a prisa y con la cabeza girando de un lado a otro, en búsqueda de Elena, así lo delataba. Y allí estaba, sentada en una mesa de las ubicadas al fondo. Se veía pensativa. Vestía una blusa blanca y un pantalón café. Tenía la mirada clavada en una humeante taza de café, la cual rodeaba con ambas manos. Se veía hermosa.

Caminé hacia ella con calma. Cada paso lo aprovechaba para mirarla, para contemplarla. Me sentía algo incrédulo, saber que esta hermosa mujer esperaba por mí.

Se sorprendió al verme. Al mejor estilo de los caballeros, Elena se puso de pie, tomó mi mano y, halándome hacia ella —sin importarle nada, ni nadie— me dio un tierno y prolongado beso en la boca. Yo, simplemente me dejé. La besé y abracé con una mezcla de pasión y afecto.

Nos sentamos, Elena ordenó para mí un jugo fresco de tamarindo. No sé si era paranoia mía o realidad, pero la mesonera que nos atendió nos miraba y se sonreía de manera pícara. Visiblemente preocupado, le pregunté si le sucedía algo. Me había citado para decirme algo importante y esto me tenía en ascuas. Pero esta bella mujer, tomando mi barbilla con su mano izquierda y mirando fijamente mis ojos, respondió: «amor, necesitaba verte. Solo quería verte así fuese un instante.»

Y allí comenzamos otra vez; quedamos en que haríamos lo posible por vernos con regular frecuencia. Ella, me llamaría todas las mañanas puntual a las diez treinta. En aquel momento no me importó ni el parentesco, ni la convivencia con mi tío. Esta vez, no quería perder la oportunidad de tener algún tipo de relación, con esta bella mujer.

Cita en el festival de Música del Caribe.

Mi tío siguió en la casa compartiendo habitación conmigo. Mientras, yo, en los pocos espacios disponibles, y cuando mis obligaciones escolares lo permitían, me veía ocasionalmente con Elena. Lo había decidido; esta mujer, con esa manera de tratarme y con lo dispuesta y decidida que se mostraba, terminó por quebrantar mi escasa sensatez de adolescente.

En el corto mes que llevaba mi tío con nosotros, Elena y yo nos vimos tres veces. Fueron encuentros románticos, pero en los cuales, la escasez de tiempo, no nos había permitido consumar nuestro amor clandestino. Después de cada encuentro, la testosterona acumulada, hacían insoportables las ganas de poseer aquella sensual mujer.

Cierta ocasión y sin ningún hilo conductor aparente, mi tío me comentó una sospecha. Él, había intuido que Elena gustaba de mí. Me lo dijo así no más, de manera sorpresiva. No supe cómo reaccionar. Le pregunté acerca de que le había hecho deducir semejante hipótesis; simplemente se limitó a decir que era una intuición.

—Algo debe estar notando. Inquieto medité.

En la Cartagena de inicios de los años ochenta, había un festival de música muy afamado. Se denominaba Festival de Música del Caribe, y era infaltable la asistencia de todos los amantes de los ritmos caribeños al mismo.

Mi tío, al enterarse de este evento, me recomendó no asistir. Él, sabía que Elena y su grupo de amigos pintores y bohemios no faltarían. Presumía que ella afanosamente me buscaría. Igual, su argumento no me convenció. Precisamente, era el ver a Elena, otro de los atractivos para asistir al afamado festival. Ella ya me había advertido que no faltara, que allá en el sitio me encontraría.

—Tranquilo tío, igual, es difícil encontrarse con alguien entre tanta gente; además, si ella logra encontrarme, simplemente la ignoro.

Este festival nació en 1982. Fue idea de unos noctámbulos y bohemios, quienes, curtidos culturalmente por innumerables viajes, quisieron traer a su tierra natal toda la magia de la música que, por años, habían escuchado en distintas islas del Caribe.

Eran cuatro días (de jueves a domingo) inmersos en una descomunal rumba afrocaribeña. Lugar: Plaza de Toros y Circo Teatro La Serrezuela.

Ésta, era una pequeña plaza antiquísima. Mandada a construir en 1929, por don Fernando Vélez Daníes. Empresario y famoso ganadero criador de toros de lidia.

Era esta plaza una hermosa estructura en madera pintada de blanco. Joya arquitectónica de Cartagena. Ubicada en el colonial, céntrico y popular barrio de San Diego. Fue famosa, entre otros eventos, por la trágica muerte de Luis Ríos. Un joven torero español de 24 años Apodado "El Pinturero". Este, la tarde del 18 de diciembre de 1966, debía aterrizar en la plaza después de saltar en paracaídas. Pero las fuertes brisas de diciembre, desviaron su curso y murió ahogado en las playas de Las Tenazas, en el barrio de Marbella. No lo mató el toro, no lo mató la lidia, el destino lo sentenció a las aguas marinas del Caribe colombiano.

Aquel marzo de 1983, siendo un jueves a las siete p.m. y listo para salir rumbo al festival, mi tío Santiago —algo afanado— insistió una vez más:

—Sobrino, no vayas.

El argumento seguía siendo el mismo, un mal presentimiento le decía que Elena iría por mí aquel día. Hice caso omiso y partí.

Llegamos puntuales a la plaza, éramos un grupo numeroso de amigos. La fila para el ingreso era descomunal, por lo que, desde la misma entrada, comenzó el jolgorio para aquellos adolescentes sedientos de aventura. En grupo y ad-portas de un concierto de tales magnitudes, la ingesta etílica empezó en la misma fila.

La arquitectura colonial de esta plaza era admirable. Mis amigos y yo nos hicimos en el ruedo, ubicados de tal manera, que nuestra visual siempre estaría de frente a la tarima donde se presentarían los artistas.

Ya en pleno concierto, nos encontramos con unas chicas que trabajaban como modelos para una agencia importante de la ciudad de Barranquilla. Eran muy bonitas y estilizadas. Me cautivo una de apellido Sanz, Martha Sanz. Con ella hubo química desde el inicio. Esta hermosa trigueña, de larga cabellera y estilizada figura, me cautivo con su charla amena y alta estatura. De hecho, comenzamos a bailar y sin pretenderlo, permanecimos juntos casi como pareja dentro del numeroso grupo de amigos.

La fiesta prosiguió, cada grupo que subía al escenario superaba al anterior. Era un ambiente esplendido. La luna llena de aquel marzo relucía esplendorosa sobre nuestras cabezas. La piel canela de esta hermosa modelo parecía iluminarse con el azul claro de luna. Estaba absorto. Esta chica era una visión idílica.

Agrupados en un gran círculo, cada uno ya estaba con su elegida. Bailando y disfrutando embriagados; por el éxtasis producido gracias al ambiente musical caribeño, y el humeante olor a marihuana que no paró en toda la noche.

Hasta que apareció ella. De manera sorpresiva e imponente.

Irrumpió por la parte que estaba frente a mí, en aquel círculo que habíamos formado mis amigos, acompañantes y yo.

Quedé paralizado. Elena estaba espectacular. Vestía un conjunto de chaqueta blanca, pantalón de mismo color y una blusa esqueleto color azul cielo, la cual usaba sin brasier. Su piel y cabellos resaltaban desde lejos.

Mis amigos quedaron expectantes y atentos. Ellos no la conocían. Asombrados, miraban a la extraña mujer caminar hacia mí.

¿Quién rayos era? ¿Qué quería? Se preguntaron algunos con asombro.

Elena, con su paso tranquilo y andar seguro, llegó hasta donde yo estaba. Sin apartar nunca su mirada de mí, sin pronunciar una sola palabra.

Yo estaba agarrado de la mano con aquella chica recién conocida; esto le importó nada. Se paró justo en frente, y tomándome por los hombros, me besó. Con tal pasión y ternura, que aún hoy, treinta años después, los sabores de aquel beso vuelven a enjugar mi gusto y erizar mi piel.

No recuerdo si a la bella modelo yo la solté, o ella lo hizo. Desde ese momento me perdí, no volvieron a saber de mí. No supe más de mis amigos, ni de aquella hermosa chica que tanto me había gustado.

Elena me llevó con su grupo, tres pintores y una poetisa. Estaban apostados justo al pie de la tarima, frente a la exclusiva y excluyente zona VIP. Y esta mujer inmensa no escatimaba en atenciones. Me hizo sentir importante, y no me refiero a ese inmensurable ego despertado en un adolescente, al ser premiado con el amor de una hermosa dama mayor; no. Hablo de que en verdad estaba dedicada a mí. Era amorosa, no paraba de besarme y muy atenta, me ofrecía bebidas y lo que quisiese.

Un momento dado, en pleno concierto, ella, que estaba de pie y delante de mí (la tenía abrazada por la espalda), de repente se volteó. Tomó con ambas manos mis mejillas y miró directo a mis ojos un breve instante; yo, creyendo interpretar su deseo, me incliné para besarla; pero ella poniendo su mano abierta en mi boca, me detuvo diciendo: «déjame mirarte lindo mío, solo quiero mirarte».

—Uao, esta mujer es especial. Pensé. Todo este encanto, en el mejor de los ambientes; y mientras sonaba una muy eufórica canción titulada: Hot, hot, hot; de Arrow (cantante de Calipso y Soca originario de Monserrat).

El organizador y director de aquel Festival de Música del Caribe, era todo un personaje. Antonio "El Mono" Escobar, así se le conocía. Este señor, gordo bonachón, de una espesa y larga barba blanca, estilo Santa navideño; resultó ser amigo de Elena. Al estar nosotros justo al pie de la zona VIP y antes de la tarima, en un momento dado, el Mono Escobar notó la presencia de Elena y la hizo seguir a la exclusiva zona. Ella se marchó, pero antes, se acercó a mí y susurró a mi oído: «no me pierdas de vista que ahora regreso por ti». Y así lo hizo. Desde la distancia y con señas, me indicó que me dirigiese a la entrada de los VIP; y ya allí, con mucha autoridad, le ordenó al guarda custodio permitir mi ingreso.

Y allí estábamos; libres de todo ojo acusador. Libres de vergüenza, libres de pudor. Solos, ella sin sus amigos, y yo desprendido de los míos desde que ella me encontró. Nos besamos incansablemente, bailamos mucho. Los ritmos africanos y del caribe, hicieron de esta velada una noche perfecta. Por fin tenía en mis manos, y a mí disposición, a esta hermosa y gran mujer que anhelaba desde hacía meses. Toda aquella pasión reprimida, podría ahora ser satisfecha.

Sumergidos en aquella música rítmica y en vivo, transcurrió la noche. Nuestros cuerpos, humedecidos de sudor y éxtasis, pegados, se frotaban de manera sensual. Quizás no con el mejor de los ritmos, pero si despertando en ambos una sensación alucinante.

El mono Escobar, mostrando aún más generosidad, nos hizo seguir a la parte trasera del escenario, aquella a la que solo tenían acceso; los artistas, los músicos, los organizadores y los utileros. Era el paraíso para cualquier fanático de la farándula criolla.

En todo estadio, plaza de toros, o cualquier sitio redondo; donde se organice un concierto, al ser circular, toda la parte ubicada detrás del escenario, o tarima, permanece desocupada y en penumbras. Claro, como no tiene visual al espectáculo no se utiliza.

Después de compartir por largo rato con cantantes y una que otra estrella televisiva, Elena y yo, nos separamos de la multitud. Subimos a las gradas de aquella parte sola y oscura ya mencionada. Y nos besamos con mucha calma. El tiempo parecía haberse detenido para nosotros.

Sentía la mezcla perfecta entre pasión y cariño. La tomé entre mis brazos. Sentía poseerla. Cada beso desaforado más nos encendía. Ella, de manera pausada y delicada, comenzó a deslizar su mano por mi pecho, estómago y cintura. Ahí se detuvo. Con total serenidad, comenzó a soltar mi cinturón; con ambas manos y sin dejar de besarme. Yo lo permití. Era la primera vez en mi vida que estaba tan excitado. Esta hermosa mujer estaba a punto de ser mía.

Al sonido metálico de la hebilla de mi cinturón, zafándose, le siguió la delicada mano de Elena dentro de mi pantalón. Mi virilidad estaba al máximo. Fue tanta la emoción, que mirando al cielo agradecí por lo que estaba viviendo. Elena dejó de besarme, bajó un escalón para hacerse en la grada inmediatamente inferior a la mía. Casi de rodillas y sin dejar de mirar mi rostro juvenil, comenzó a desabrochar mi pantalón. Estaba paralizado de la emoción. Mi volátil imaginación erótica, me anticipó lo que vendría, y tenía razón. Segundos después, allí estaba ella, mí Elena. Arrodillada ante mí, saboreando con sus labios, boca y lengua —¡De tal manera!— aquella parte de mi cuerpo que jamás había sido besada.

La exquisitez que me hizo sentir, provocó en mí algo parecido a lo que sucede en los monzones asiáticos. Una prolongada lluvia brotó de mi cuerpo, y ella siguió allí. Parecía esperarla, no se apartó. Con absoluta devoción y placer bebió de aquel manantial. Acto seguido, Elena, bastante agitada y jadeante, se puso de pie. Se paró delante de mí, y con mucha picardía y estilo, comenzó a bajar su pantalón y bragas, de una manera tan sensual, que mi cuerpo comenzó de inmediato a reanimarse. Contoneaba sus caderas de lado a lado y con ritmo mientras se los bajaba. El erotismo percibido en aquel estriptis, jamás había sido visto por mis ojos de principiante.

El paisaje que quedó ante mí expuesto no podía ser mejor. Esta mujer inmensa, seguía elegantemente vestida sólo hasta la cintura. Su chaleco blanco y blusa esqueleto azul celeste, permanecieron intactos; pero, de caderas hacia abajo, totalmente desnuda.

El canela acentuado de su bronceado, más notoria hacía aquella tanga natural, formada por su piel blanca en contraste. Tanga dibujada por aquella porción de piel que no se asolea cuando las chicas van a playa. Y en su zona íntima, una menuda y bien cuidada ración de cabellos, estéticamente recortados.

Y allí estaba yo, parecía increíble.

Un adolescente en plena escolaridad, en la mejor rumba de Cartagena, con aquella hermosa mujer, mayor en edad que él y en una noche de luna clara. Todo esto, sucediendo en una de las plazas más hermosas de toda América. Y ella, Elena, parcialmente desnuda y totalmente dispuesta. Con mirada ardiente y provocadora en espera de mí.

Oh dios, que placer. El éxtasis volvió a apoderarse de mí. Permanecimos amándonos por largo tiempo en aquellas gradas. Aislados del mundo a pesar de tenerlo tan cerca. Recorrimos universos, improvisamos posturas y exigimos a nuestros cuerpos. Sumergidos en aquel idilio insaciable de amor, lujuria y placer; hasta que el alba comenzó a mostrar sus primeros destellos. Fue una noche perfecta.

La despedida fue apresurada. Debía estar en casa antes de que el sol se asomara, o tendría problemas con mis padres.

Tomé un taxi a las afueras de la plaza y presuroso emprendí el regreso. Iba totalmente relajado. Una inmensa sonrisa iluminaba mi cara. Repasaba en mi mente una y otra vez, todo lo sucedido aquella gran noche. El viaje de regreso no duro nada, muy a pesar de que yo vivía a las afueras.

Llegué a casa y cancelé al conductor. Comencé el camino hasta la entrada todavía absorto en mis cavilaciones romanticas, iba silbando. Hasta que llegué a la puerta. Justo allí, cuando estaba introduciendo la llave, recordé la realidad que me esperaba adentro. Mi tío compartía habitación conmigo.

Quedé paralizado. Saqué la llave rápidamente de la cerradura. Me recosté a la pared y me dejé caer, deslizándome hasta quedar agachado. Con las manos puestas en la cabeza y totalmente aburrido.

¡Estúpido! ¿Qué rayos pasa conmigo? ¿Qué has hecho? Reclamaba mi mente, ahora si coherente. ¿Cómo entrar ahora y ver a mi tío? ¿Y si está despierto? ¿Y si me pregunta si la vi? Todas estas inquietudes me fustigaron.

Bueno, a lo hecho pecho. Tengo que entrar, nada gano aplazando lo que ha de ser.

Entré a la casa con decisión, avancé por el pasillo hasta llegar a mi habitación y abriendo la puerta con mucho sigilo ingresé.

La mañana apenas comenzaba sus despuntes de luz. La oscuridad aún cubría partes del cuarto, y alcancé a verlo. Allí estaba él, mi tío Santiago. Acostado en su cama, posición fetal y dando la espalda hacia mí. Que conveniente me pareció aquello. Aproveché y en absoluto silencio, me despojé de la ropa, entré a mi cama, y quedé dormido casi de inmediato.

El día siguiente.

Desperté pasado el mediodía. Cuando a estas horas te levantas; la incandescencia del sol caribeño, sumado al azote de la resaca etílica, fustigan tus ojos. Tanto, que sostenerlos abiertos es difícil en un solo paso. Debes tomarte tu tiempo. Los abrí primero un poco y dentro de las cobijas aún, hasta que por fin resistí la claridad.

Me senté y miré hacia la cama de mi tío; estaba vacía. Sentí algo de tranquilidad al no tener que verlo.

Abrí la puerta y le pedí a la chica del aseo, que por favor preparara mi desayuno.

—¿Desayuno niño Marlon? Será almuerzo. Comentó la noble criada.

—No Ángela; primero el desayuno y después el almuerzo. Una cosa a la vez, pero las dos casi que al tiempo. Sonriéndome y bromeando con ella, respondí. Sentía un hambre insaciable.

Entré al baño y me di una refrescante ducha. Terminé la misma y comencé a vestirme.

Cuando estaba acordonando mis zapatos, noté algo extraño. Mi vista periférica algo me mostraba. La habitación se veía despejada. Comencé a recorrerla con detenimiento, hasta que lo descubrí. No era la cama de mi tío la única vacía. No había en mi habitación, absolutamente nada de él. Ninguna de sus pertenecías. Todo se lo había llevado.

Sobresaltado me levanté y abrí la puerta de un solo tirón:

—Angela, ¡Ángela! ¿Y mi tío? Angustiado pregunté.

—Él salió muy temprano niño Marlon. Y con todas sus cosas recogidas.

¡Nojoda, se dio cuenta! ¿Pero cómo rayos se enteró? Pensé.

Presuroso acudí donde mi madre, y le pregunté por el paradero de mi tío.

—Niñoooo, saluda primero. Con tono de regaño respondió.

—Buenos días madre, ¿Cómo estás? … ¿Dónde está mi tío?

—Hijo, él salió muy temprano. Se me hizo raro que llevara todas sus cosas consigo, y le pregunté si se marchaba, respondió que sí. Que había conseguido un apartamento en el centro de la ciudad, y se marchaba muy agradecido con nosotros por haberlo albergado todo este tiempo.

—¿Pero sabes algo hijo? Me pareció extraña y repentina su partida. Anoche estuvo conversando con nosotros, y no comentó absolutamente nada acerca de este apartamento que había conseguido. Terminó diciendo mi madre.

¡Rayos! ¿Cómo pudo saber que estuve con Elena? ¿Quién le dijo? Pensé.

En aquella época lejos estaban de existir los celulares. Lo más inmediato en la comunicación personal era el cara a cara o mediante llamada telefónica. Y esta última, debía hacerse al aparato fijo que existía en cada una de las casas. A él nadie lo había llamado aquella mañana. Mi madre así me lo había confirmado.

Desayuné y quedé pensativo. Estaba aburrido. Todo este sentimiento de culpa por una maldita noche. ¡Pero qué noche! Decía para mí, como tratando de lograr algo de consuelo.

El día transcurrió sin ninguna novedad. Y algunos días siguientes, también.

Una mañana cualquiera, estaba en mi habitación oyendo música, entonces escuché el sonido del auto de mi padre llegando. Me asomé a la ventana y lo vi bajar del mismo. Miré el reloj, eran las diez y cuarenta a.m. Me pareció extraño que él llegara. A estas horas siempre estaba trabajando. De seguro olvidó algo, pensé.

Volví a colocar mis audífonos y seguí en lo mío, cuando, sin anunciarse y de golpe, mi padre abrió la puerta de mi habitación y visiblemente enojado dijo:

—¿Qué rayos has hecho Marlon?

—¿De qué me hablas padre? Respondí extrañado y nervioso.

—Eres joven. Puedes conquistar a la chica que quieras. ¡Las hay por montones!

—Elena es una mujer hecha y derecha, madura, no es ninguna niña. Ella tiene mayor responsabilidad que tú en todo esto; pero, ¿No pudiste decir que no? ¿No pudiste parar?

—No quisiera estar en tu piel hijo, debe ser vergonzante y duro saber que has contribuido a la disolución de una relación, de un matrimonio. Quizás ellos aún tenían arreglo.

—¡Nojoda, Marlon!, y no era la relación de un cualquiera. ¡Es tu tío!

—Tú trajiste a tu tío de regreso a la familia y tú mismo lo has echado. Y esta vez para siempre.

Terminó sentenciando mi padre.

—¿Pero cómo… Iba a preguntar con asombro, cuando…

—¡¿Qué cómo se enteró tu tío?! Interrumpió mi padre.

—Pues muy sencillo. Ese día que regresaste del concierto aquel de puros melenudos marihuaneros; ¡Apestabas al perfume de Elena! El lo notó.

Terminó diciendo con enojo y dando un portazo se marchó.

Sentí tanta vergüenza. Quedé devastado con aquellas palabras de mi padre. Hubiese preferido mil veces un puñetazo y no esto.

No podría volver a mirar mi tío a los ojos. ¿Y mi madre? Faltaba también el regaño de ella. Que moralmente costosa y vergonzante estaba resultando aquella noche.

Elena me llamó con insistencia por algún tiempo, pero no quise atender más sus llamadas. Lo dicho por mi padre primero, y mi madre después, me hicieron sentir repugnancia de aquella noche. De hecho, algo de rabia sentía con Elena también. Con aquel episodio había aprendido, y de la peor manera, que debemos saber controlar nuestros impulsos, deseos y emociones. De estas está llena la vida, es criterio y madurez intelectual saber apartarse. Saber decir ¡NO!

Estudiaba en el colegio de La Esperanza, una institución antiquísima y reconocida ubicada en la ciudad antigua o centro amurallado. Una tarde de lluvia cualquiera de aquel mayo de 1983, al salir de clases y mientras caminaba a prisa tratando de eludir las gotas, se acercó un hombre joven en una motocicleta. Interceptó mi camino y sin bajarse del vehículo preguntó:

—¿Eres Marlon, cierto?

Dije que sí, y me entregó una esquela. Era de Elena. Una misiva perfumada en la cual pedía que por favor nos viéramos. Necesitaba hablarme. Ahora que ya todos sabían lo sucedido no había nada que esconder. Si yo aceptaba, podríamos vivir juntos. Ella se encargaría de pagar mis estudios y demás.

A pesar de mi corta edad, me pareció tan fuera de lugar aquella propuesta. ¿Cómo pretendía ella, mujer de 33, ser pareja de un joven inmaduro de 16?

Me había resguardado de la lluvia para leer la carta, debajo de uno de los amplios balcones de una casona antigua del centro. Pensativo veía caer la lluvia. Era una propuesta tentadora, alcancé a imaginar mi vida adolescente junto a esta mujer mayor. El sexo que esto significaría, la experiencia que de ella podría tomar, las noches de bohemia, en fin, andaba meditabundo y concentrado en estas divagaciones, cuando, un destello cegador y un estruendo insoportable me trajeron a la realidad de manera abrupta. Una poderosa centella había caído muy cerca. Quedé paralizado de terror, y claro, la misiva de Elena, solté desprevenidamente cuando llevé mis manos a los oídos espantado por aquel destello y sonido ensordecedor. Traté de tomarla como reacción instintiva, pero la precipitación comenzó a hacerse más fuerte y me obligó a permanecer debajo de aquel balcón. Lo tomé como un mensaje, como una señal divina. Salpicado de gotas y flotando en las corrientes callejeras, vi el perfumado papel desaparecer a la distancia.

Aquella aventura, aquel desliz con esta hermosa mujer; fue uno de los momentos más placenteros de mi vida. Una de mis primeras experiencias sexuales. Pero también, una de las situaciones por la que más culpa he sentido. Y de la cual sigo arrepentido de haber cometido, hoy, décadas después.

Con mi tío jamás me volví a hablar.

Cierta ocasión, venia caminando por la ciudad amurallada con un grupo de amigos. Íbamos para cine. Estábamos cruzando por el Camellón de los Mártires. Charlábamos amenamente, cuando, al mirar hacia una de las bancas apostadas a lo largo del Camellón, lo divisé. Allí estaba él, mi tío. Hablaba muy ameno con un grupo de señores. Ya habían pasado varios años desde aquella experiencia con Elena. Mi reacción inmediata fue camuflarme entre el grupo de amigos y pasar inadvertido. Sin atreverme a mirar otra vez hacia donde él se encontraba. Tú sabes, no quería que se cumpliera aquel refrán que dice que las miradas llaman. Y lo logré, mi tío no me vio.

Ya al final del camellón, a prudente distancia y antes de cruzar la calle hacia los teatros, volteé para ver una vez más a mi tío; pero ya no se encontraba en aquella banca con los amigos. Desesperado, hurgué con mi mirada todo el largo camellón; quería saber hacia dónde había cogido. Verlo una vez más, así fuese de lejos. Hasta que lo observé. Iba caminando ya algo distante y en sentido contrario al mío. Y lo que más me gustó, lo que me dio algo de tranquilidad en medio de tanta culpa; no iba solo. Llevaba tomada por la cintura a una mujer alta, joven y morena. Eso me alegró, sentí tanta tranquilidad.

Fue la última vez que lo vi en esta vida.

FIN

Douglas Iván Páez

www.ingramcontent.com/pod-product-compliance
Lightning Source LLC
Chambersburg PA
CBHW051335160726
47995CB00004B/1092